Die Geschichte einer wahren Freundschaft

Von Shireen Darwesh

© 2022 Dr. Shireen Darwesh

ISBN Softcover: NOCH EINFÜGEN
ISBN E-Book: NOCH EINFÜGEN

Druck und Distribution im Auftrag des Autors:
tredition GmbH, Halenreie 40–44, 22359 Hamburg, Germany

Die Publikation und Verbreitung erfolgen im Auftrag des Autors, zu erreichen unter:
tredition GmbH, Abteilung „Impressumservice", Halenreie 40–44, 22359 Hamburg

Illustrationen von Katharina Ulrike Hülsmann.

Kontakt zur Autorin: Shireen.Darwesh@arcor.de

Amara, das Mädchen,
und Nayla, der Hund –
sie sind beste Freunde,
und nicht ohne Grund!

Zu Beginn voller Zweifel
und dazu noch schwer ...
... anfänglich skeptisch,
vertrauten nicht sehr.

Nayla war älter
und erst eingezogen,
sie fühlte sich dann aber
alsbald betrogen ...

Sie war die Königin
total geliebt,
die erste für alle
und glücklich wie nie.

Ein schreiendes Wesen
kam plötzlich ins Haus,
für Nayla war das dann
ein ganz großer Graus!

Nayla, sie fühlte sich
etwas verstoßen,
das Wesen, es machte
sich in seine Hosen!

Traurig im Körbchen
und sah die Familie –
was für ein Wesen,
das allen gefiele?!

Amara war offen
und krabbelte 'rum –
die Nayla, die nahm es ihr
bald nicht mehr krumm.

Sie schnupperte forschend
und spielte mit ihr –
und legte sich wärmend
in Amaras Revier.

Amara wurde größer
und lernte bald sprechen,
als ihre Eltern
die Entscheidung treffen:

Amara bekam dann
ein eigenes Bett –
ach was, das fand auch
die Nayla ganz nett!

Zur Nacht,
da schlich sie ins Zimmer hinein –
und kuschelt sich wärmend
an Amaras Bein.

Amara, sie weinte
und klagte und schrie –
immer war Nayla da,
so schnell wie nie!

Amara teilte auch
Essen mit ihr –
dadurch entstand
ein verbundenes »Wir«.

Nayla ist pfiffig
und gibt immer Gas -
die beiden zusammen,
die haben viel Spaß!

Sie lieben sich innig
und kuscheln sehr gern,
das Fremdeln vom Anfang
– ach je, ist das fern!

Die Nayla ist immer
sehr treu und ergeben –
und möchte so gerne
nur Schönes erleben!

Ein Hund wie Nayla,
er ist stets zur Stelle –
denn wahre Freundschaft,
die braucht kein Gebelle!

Für meine Amara,
das tollste Mädchen –
und Nayla,
den tollsten Hund!

MIX

Papier | Fördert
gute Waldnutzung

FSC® C083411

Zeitfracht Medien GmbH
Ferdinand-Jühlke-Straße 7
99095 Erfurt, Deutschland
produktsicherheit@kolibri360.de